für Dich

W0402199

Ich war auf der Suche nach mir Selbst, dann nach den Anderen und immer wieder nach dem Sinn. Ich machte Fehler, sie heben mich, ich fand die Liebe, sie belebte mich und irgendwann merkte ich, das Leben wird nicht besser, du. Du wirst besser darin zu leben. Irgendwas weckte mich und ich schrieb die Zeilen nur für dich.

- prolog

den 17.04.2018

Du bist die Welle und nicht der Schaum
für eine schöne neue Welt.

inhalt

Punkte malen.......10
Die verdammte Stille.......12
Neue Farben für Uns.......14
Leicht sein.......16
Heimatlos auf der ganzen Welt.......18
Bekannte Stimmen.......20
Magisch mit Dir.......21
Du hast doch.......22
In deinen Armen habe ich Heimat gefunden.......24
Tee mit Dir.......27
Das Rauschen des Alltags.......28
Ich bin müde.......30
Über den Künstler, als junger Mann.......31
Nachts ist alles am schönsten.......32
Die Blumen der Liebe.......36
Stiller Künstler, der die Liebe sucht.......38
Über die Bücher.......40
Liebe ist.......42
Schatten der Seele.......44
Großstadtromantik.......46
Die fremde Stadt.......48
Vielleicht.......50
Romantische Liebe.......51
Ein Versuch über die Liebe zu schreiben.......52
Über das Vermissen.......56

Ich verstehe nur Flughafen....................................59
Frei sein..62
Über das Wunder und Genie...................................63
Über unsere Kunst..64
Drama mit dir...66
Distanz tut uns gut...68
Am Fenster..70
Über die seltsamen Menschen...............................72
Gedankenschritte: Die Magie der Worte.....................75
Du bist besonders...79
Du kennst mich nicht..80
Ich verlasse die Stadt..81
Jetzt und für immer...85
Du sagtest..86
Du bist die Welle...88
Nachts...90
Drei Wünsche für Dich..92
Nachweis..94
Notizen..96

Punkte malen

"Glück malt man mit Punkten, Unglück mit Strichen. Du musst, wenn du unser Glück beschreiben willst, ganz viele kleine Punkte machen, und dass es Glück war, wird man erst aus der Distanz sehen."[1]

- Peter Stamm

Mir fehlt irgendwas und
ich suche schon lange danach
was mir fehlt.
Ich suche nicht mehr nach
der verlorenen Zeit,
sondern nach der Zeit,
die unbezahlbar ist.

Nicht nach Worten, sondern Taten.
Nicht die Hoffnung,
sondern die Gewissheit,
dass wir auch schweigen können,
um uns zu verstehen.
Es ist nicht kompliziert,
sondern einfach labyrinthisch.

Und in einem Labyrinth
- das hast du mir selbst erzählt -
gibt es immer einen Ausweg aus dem Kreis,
an dem wir uns jeden Tag, um uns selbst drehen.
Keine Worte scheinen dies zu beschreiben,
nur die Gefühle und Gedanken können
uns nach vorne treiben.

Und vielleicht geht es
gar nicht um die Wahrheit,
sondern dass wir diskutieren,
nicht um die Melodie,
sondern dass wir spielen,
es geht bestimmt nicht um das Bild,
sondern dass wir malen.

Es geht auch nicht um die Poesie,
sondern dass wir schreiben.
Nicht um das Geben oder Nehmen,
sondern, dass wir alle miteinander teilen.
Vor allem aber, geht es nicht um das Ende,
vor allem geht es um den Anfang.

Lass uns leben, ohne zu vergleichen,
unsere Bilder malen mit den Farben,
die wir heute haben und am Ende
und vom Weiten wird sich
irgendwann mal zeigen,
dass unsere Punkte doch ein schönes Bild
beschreiben.

Ich träumte vom Malen
und dann malte ich
meinen Traum

- Vincent van Gogh

Die verdammte Stille

Die verdammte Stille zwischen uns,
noch nie war sie lauter.
Wann bekommt das formlose
endlich eine Form?
Wann wird das Unsichtbare
zwischen uns wieder sichtbar?

Wann werden wir diesen Wahnsinn überleben
und blicken erheitert zurück?
Wann werden wir stärker und
werden die Liebe wieder beleben?

Mit deinem Schweigen hast
du mir mehr gesagt,
als ich dir mit all meinen Zeilen.

Und schon am Anfang haben wir richtig erkannt,
warum so viel reden und so viel erzählen?
Diese unendliche und
sinnlose Diskussion,
weil die Stille so viel schöner
das zwischen Dir und mir belebt.

DIE MELODIE DER STILLE

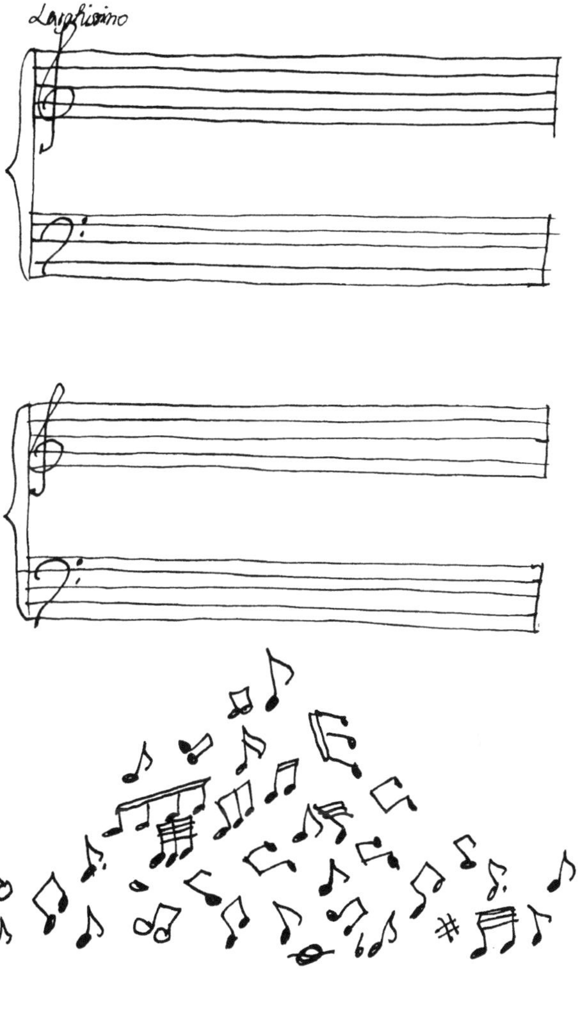

Neue Farben für Uns

Mehr Farben sollte ich tragen,
hast du mir gesagt,
nach meinen Tränen.

Mehr weiße Blusen,
viel Liebe und viel Licht
reinlassen in mein unberührtes Herz.
Mehr Lachen, mehr Blumen,
an meine doch so einsame Fensterbank.

Mehr Sterne im Kopf,
mehr Glitzer an den Händen
und dann wird alles wieder gut und
dass Du da bist,
hier bei mir,
egal wo Du dich
manchmal in dieser Welt verirrst.

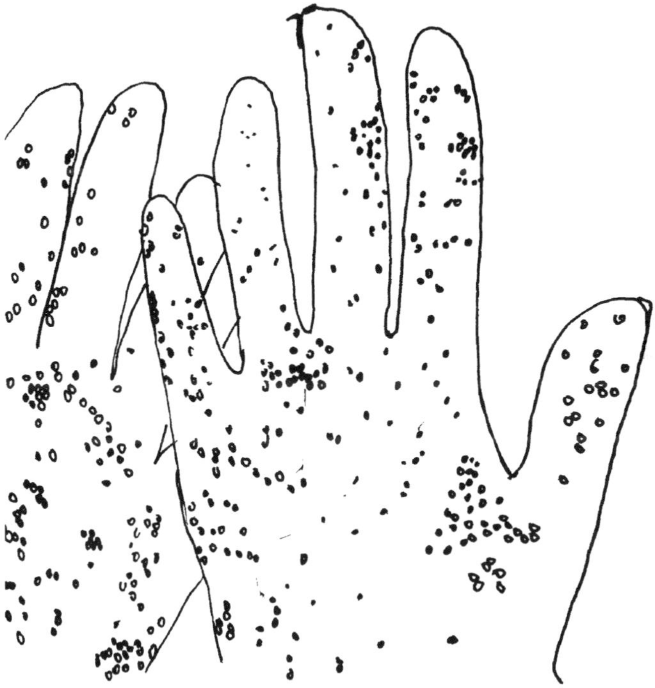

Leicht sein

Alles ist so einfach,
wenn du ein bisschen leichter bist,
in deinen Gedanken,
in deiner Art und vor allem deinem Stil.
Vielleicht wirst du gefunden
und vielleicht neu entdeckt.
Alles wird einfach sein,
vielleicht auch viel leichter,
wenn du leicht bist,
und dir es nie leicht machst.

Heimatlos auf der ganzen Welt

Ich weiß nicht, wo ich hingehöre,
ich weiß nicht, wer ich bin.

Und weiß auch nicht wohin.
Wann komme ich denn an,
wann sage ich für immer?

Wo ist denn dieser Ort der Geborgenheit,
der Liebe, wo fühlt es sich wie Heimat an?

Warum laufe ich so lange
und fahre um die ganze Welt umher
und komme gar nicht wirklich an?

Warum sind wir so verloren, so verwundbar
in dieser unbestimmten Welt?

Und auch wenn die Sonne scheint,
ich spüre nur diesen kühlen Wind,
auf meiner inzwischen
so verletzten Haut.

Doch heute flüstert der Wind mir leise:
'Bald, warte noch ein bisschen,
bald findet all das Gute den Weg zu dir zurück.'

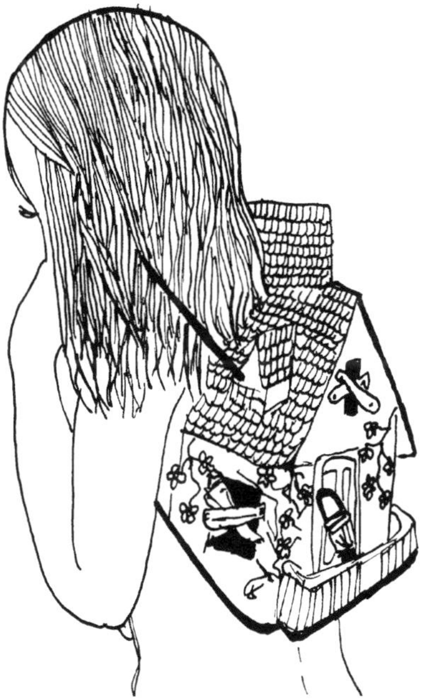

Bekannte Stimmen

Manchmal, da möchte man
bekannte Gesichter sehen und
bekannte Stimmen hören,
an unbekannten Orten.

Wenn die Stadt so still wird,
wenn sie so fremd erscheint,
wenn man viele Teile sieht,
aber nicht das Ganze.
Wenn man verloren ist und
gleichzeitig so cool wirkt.

Wenn man so viel zu erzählen hat
und sich dann heimlich wünscht,
jemanden zu umarmen,
der einen ohne Worte versteht.

Magisch mit Dir

Es kann magisch bleiben,
jeder einzelner Tag auf ein Neues.
Es gibt diese Menschen,
die dich mit ihrer Aura einfangen.
Egal ob du sie kennst oder nicht,
es fühlt sich nicht fremd an,
als würdet ihr Euch schon ewig kennen,
und entdeckt Euch jetzt neu.

Du hast doch

Ich habe meinen Smartphone alles erzählt,
was ich eigentlich dir erzählen wollte
und so habe ich diese Zeilen eingetippt:
'Du hast mich doch irgendwie gefesselt,
mit deiner Sicht und auch deinen Duft
und jetzt, wo du so weit weg bist
bleibt trotzdem der Klang deiner Stimme
in meinen Räumen zurück.'

Und jedes Mal, wenn ich mich verliere, fängst du mich auf. Ich weiß nicht, wie du das tust, sind es deine Worte oder ist es deine Stimme auch?

In deinen Armen habe ich Heimat gefunden

Und in deinen Armen,
fand ich ein Zuhause,
das ich so noch nie kannte.

In deinen melancholischen Blick,
etwas Vertrautes,
der mich an Jemanden erinnert,
der aus weiter Entfernung
mir immer noch zuwinkt.
In deiner Verlorenheit,
fand ich ein bisschen mich selbst.

Ich habe es noch niemanden erzählt,
dass du mein Zuhause bist.
Du gibst mir Antworten,
auf die nie gestellten Fragen,
du schärfst meinen Blick.
Du gibst mir Flügel,
um zu fliegen und
Wurzeln für die Bodenständigkeit.

Du bist mein Spiegel
und spiegelst mir all meine Schwächen,
meine Wunden, meine Zweifel,
den Wahnsinn,
die Liebe zu der Kunst.

Du spiegelst mir die
Verlorenheit in dieser Welt.
Die Angst vor der Zukunft,
irgendwie.

Seit ich dich kenne,
habe ich keine Ruh
und ich sehe die Welt in Farben,
die ich so noch nie kannte.

Manchmal, da sehe ich die Welt
vor mir verschwommen,
als hätte ich Wasser in den Augen,
denn das Drama mit dir,
tut manchmal auch so weh,
dann muss ich weinen.

Aber das ist der Rhythmus unserer Freundschaft,
das ist der Takt unserer Liebe,
es gibt keine Freude ohne Tränen,
kein Ankommen ohne Wandern,
kein Finden ohne Verlieren.

Du sprichst oft von dem Utopischen,
von Wunder,
von einer unbekannten Traumwelt,
vom Paradies,
von Transzendenz, von einer Metaebene,
die uns allen nicht bekannt ist,
du möchtest eine neue Welt erfinden,
mit mehr das Wir mit mehr das Uns.

Es ist dein Charme,
der mich einfängt in eine Welt,
der Geborgenheit und Fantasie.
Dieses Verstehen, egal was ist,
deine Zuversicht und dein Glaube
an das Gute, dass eines Tages
alles besser wird,

deine Stille, die mich nie betrügt.

Und können Worte uns beflügeln,
können Worte uns umarmen,
können sie uns in eine neue Welt tragen,
in der alles besser werden wird.
Und meine Augen hören auf nach deinen zu suchen,
denn in deinen Armen
habe ich Heimat gefunden.

Tee mit Dir

Mit dir noch einmal Tee trinken,
an jenen weit entfernten Ort,
noch einmal die Gedanken austauschen
und glaub mir,
sie sind immer noch nicht fort,
mit dir diese Stille lauschen
und es war so anders, irgendwie perfekt.
Es ist der Beweis dafür, wir waren beide
zu richtigen Zeit am richtigen Ort.

Das Rauschen des Alltags

Und umso mehr ich mein Leben plane,
umso mehr ToDo-Listen ich schreibe,
umso mehr rauscht das Leben an mir vorbei,
umso mehr Möglichkeiten bleiben unberührt.

Ich bin ständig damit beschäftigt,
mich zu organisieren
und merke nicht,
wie sehr ich mich
von mir selbst entferne.

Am Ende des Tages
stehe ich dann plötzlich
neben mir und habe
mal wieder kein Plan,
was mit mir los ist.

Ich versinke in diesen
unbeschreiblichen und unbestimmten Zustand,
an dem mich keiner versteht,
doch jeder wissen möchte,
wie es mir nun geht.

Und vielleicht ist das richtig so,
dass ich mich verliere,
dass ich mich im Leben verliere,
vielleicht ist das richtig,
nach mir zu suchen.

Nach Antworten zu suchen,
auf die nie gestellten Fragen.
Nach der verlorenen Zeit.

Vielleicht entsteht dadurch etwas Neues,
vielleicht uns allen Unbekannte.

Ich weiß, das ist nur eine Phase,
eben ein Zwischenmoment im Leben.
Es ist der Raum zwischen zwei Punkten,
der manchmal länger dauert als geplant.

Und ich weiß schon bald
wache ich morgens auf und
werde diesen Zauber verfallen,
der einem Neuanfang innewohnt.
Dann werde ich einer stillen Stimme lauschen,
die mir leise zuflüstert,
alles wird gut und die vom
nie aufgeben
spricht.

Ich bin müde

Müde bin ich,
müde von dem Gedanken,
dass du nicht bei mir bist,
müde von dem Gefühl,
ohne deinen Atem
heute einzuschlafen.

Über den Künstler, als junger Mann

Was machst du mit meiner Seele,
warum sprichst du so wenig von dir,
wie du früher warst,
warum lehnst du all meine Fragen ab?
Dein Rücken schaut mich eine Weile an.
Lange nichts gesagt.
Dieses Schweigen, unerträglich.
Was fehlt dir für Glücklichsein?
Und du flüsterst halb in Tränen,
'Mir fehlt die Kunst,
Musik und Liebe ab und an'

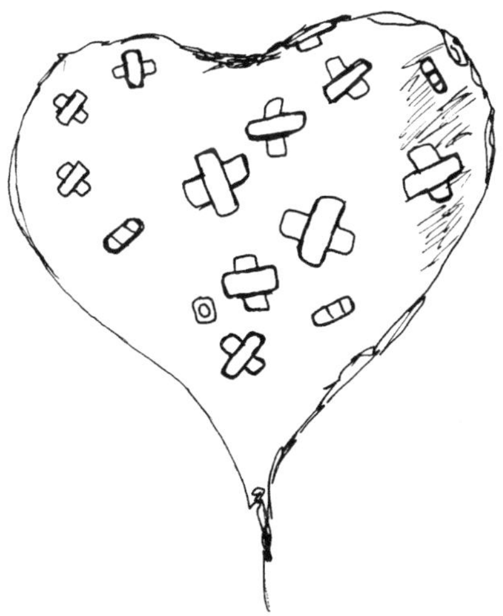

Nachts ist alles am schönsten

Das einzige was ich dir geben kann,
ist nicht was ich habe,
sondern, was ich nicht habe.
Doch ich kann dir geben
ein Stück von meiner Fantasie,
von meiner Einbildungskraft.
Wir können uns alles vorstellen,
was wir heute noch nicht sind.

Wir können uns vorstellen,
dass die Sonne jetzt scheint,
obwohl es jetzt Nacht ist
und die Sterne unsere Augen
leicht blenden.
Jetzt ist alles so sichtbar,
alles so klar.
Wir können uns Wärme vorstellen,
obwohl wir frieren
und das Glück,
obwohl wir heute innerlich weinen.

Wir können uns vorstellen,
wie alles gewesen wäre,
wenn unser Stolz
uns nicht im Weg stehen würde.
Wir können uns
Licht vorstellen,
obwohl es jetzt dunkel ist
und die Nacht uns bescheint.
Das wäre alles Illusion,
wenn du weißt, was ich meine.
Wir können uns vorstellen,
dass unsere Liebe

erst jetzt wirklich anfängt,
obwohl wir uns hier begegnen,
vor der Kirche,
wenn es schon dunkel ist.

Und uns so fremd erscheinen,
weil wir scheinbar
anders geworden sind
und nun andere Wege gehen.
Aber vielleicht begegnen
wir uns im Traum,
wie damals noch,
weißt du noch.

Das, was wir nicht haben,
jetzt noch nicht,
können wir uns erträumen,
Fantasie wird uns helfen.
Wir könnten alle Grenzen aufbrechen
und **die schöne neue Welt** erfinden,
den Weg zu das Wir,
zu das Uns wieder zurück.

Das wäre fantastisch,
noch einmal Du und Pizza,
an dieser unbekannten Straßenecke,
dort drüben an der Akademie.
Das wäre perfekt.
Oder zusammen Pommes
mitten in der Nacht,
weil nachts alles schöner ist.
Nachts ist alles am schönsten,
der Mond, das Licht, die Stille,
die Natur und vor allem auch Du.

Deine Sicht, deine Gedanken, deine Fantasie,
deine Hände und natürlich auch dein Duft.

Das Einzige, was wir uns geben können,
ist nicht das, was wir besitzen,
sondern das, was wir uns heute erträumen,
mit unserer Einbildung und unserer Fantasie,
für mehr das Uns und für mehr das Wir.
Vor allem auch du,
weil Nachts,
da scheinen die Sterne
am hellsten für uns.

Und die Welt unserer Träume,
unsere Nächte ist genauso
ein Teil der Wirklichkeit,
wie die, die wir mit offenen Augen sehen.

Und du kannst mir geben,
nicht was du heute besitzt,
sondern das,
was du heute doch bist.

Die Blumen der Liebe

Ich mag deine Stimme,
deine Sicht, deine Stille
und den Sinn für die Musik.
Ich mag die Bodenständigkeit an dir,
vor allem auch das Fliegen.

Du gibst mir einen klaren Blick
und auch Nebel manchmal.
Du machst mein Leben zu einem Film,
seit ich dich kenne,
hab ich keine Ruhe.

Und erzähl doch bitte
all deinen Freunden,
am besten gleich heute,
das zwischen uns wird aufgehen,
wie eine Blume irgendwann.

Stiller Künstler, der die Liebe sucht

Schon wieder ist ein Abend vergangen
und du hast nicht gefunden,
was du dir mal in einer einsamen Nacht
doch gewünscht hast.

Es war so etwas wie Geborgenheit,
so etwas wie ein vertrautes Gefühl,
es hat sich wie Wärme angefühlt,
wie das Licht einer Kerze,
die dich heimlich an deine Kindheit erinnert.

Es war so etwas wie das Ankommen nach einer
Reise, wie ein Zuhause und Abenteuer in einem,
es war so etwas wie Liebe.
Eine vertraute Empfindung.

Sich fallen lassen
in die Hände einer Unbekannten.
Du spürst es einfach,
es fühlt sich nicht fremd an.

Heute Abend war dieser Abend,
fast hättest du dich getraut,
doch dann kam dir etwas dazwischen.
Der Gedanke, der dich nie loslässt,
du seist nicht gut genug.
Doch würdest du nur probieren,
ja du würdest riskieren.

Auch wenn du scheiterst,
es wird dich beleben,
deine Gedanken heben.
Sorgen sind nicht angebracht,

so zeige dich du stiller Musiker.
Du stiller Künstler.
Die Lichter dieser tiefsten Nacht
werden dir zuflüstern:
'Heute Nacht ist deine Zeit.'

Über die Bücher

Es gibt diese Bücher,
in die wir erst hineinwachsen,
für die wir reifen müssen,
die nicht anders sind,
als viele andere Bücher,

aber die uns anders machen,
zu einen anderen Menschen,
die uns verändern,
auf eine andere Art und Weise.

Liebe ist

Liebe ist, du bist kein vielleicht,
kein schauen wir mal, kein morgen,
kein mal sehen.
Das stimmt nicht, das ist Verliebtheit.
Liebe ist etwas anderes.
Liebe gibt es eigentlich gar nicht.
Liebe ist so etwas wie Kunst.

Wir müssen sie alle kultivieren.
Sie ist da, sobald man malt,
sie lebt, solange man schreibt,
sie wird, sofern man spielt,
sie besteht, soviel man singt
und sie bleibt solange man sich inspiriert.

Schatten der Seele

Du sollst wieder Liebe spüren,
hast du mir gesagt,
hier in deinem Bauch,
du sollst den Duft der Leichtigkeit erfühlen
und die Gelassenheit natürlich auch.

Lieber Künstler,
bitte male mit den unbekannten Farben,
um den Menschen zu zeigen,
die Schatten deiner Seele,
die Schatten dieser Welt.

Großstadtromantik

Wir haben vergessen
das 'Wir' zu definieren.
Wir haben vergessen,
das Lied darüber zu singen,
dass unsere Seelen verwandt sind,
dass es 'Uns' immer geben wird.

Kaum traffen sich unsere Blicke,
kaum kannten wir unsere Namen,
schon winkt uns der Abschied
vor dem Morgengrauen
aus naher Entfernung.

Und die Tragik dieses Abschieds,
bleibt ohnmächtig und betäubt
auf unseren Seelen zurück,
der uns leise zuflüstert:
'Das ist nicht das Ende,
das ist erst der Anfang.'

Und da hatte ich den Mut dir zu sagen,
'Ich werde den Weg zu dir zurück
im Traum erfinden und werde
dir ein Lächeln schenken,
das dir heute morgen fehlen wird.'

Die fremde Stadt

Du flanierst durch die fremde Stadt,
ganz anders als die Passanten,
du bewunderst Fassaden,
du staunst über die Menschen,
manchmal auch über dich selbst.

Du läufst schon eine Weile und
die Trägheit legt sich auf deine Lieder,
sie legt sich auf deinen Schultern ab.

Und du spürst tief in deinen Innern
einen Sturm und einen Drang
nach den unbekannten Blick,
nach dieser verlorenen Seele,
die deiner eigenen gleicht.

Vielleicht suchst du nur,
an falschen Orten und auch
zu der falschen Zeit.

Bitte höre nie auf zu suchen,
denn du findest deinen Platz.
Und bald wird auch dir zuwinken,
das durchsichtige Glück.

...

Und dann werden wir flanieren
durch diese scheinbar fremde Stadt,
wir werden endlich einen neuen Sinn erkennen
in den Fassaden, in den Menschen
und vor allem auch in uns.

Vielleicht

Vielleicht spielt sich
mein Leben und
meine Wahrnehmung einfach
in einer anderen Wirklichkeit ab,
die so absurd und so romantisch ist,
dass sie kaum einer versteht.

Romantische Liebe

Die romantischste Form
der Liebe ist diejenige,
der noch keine
romantische Idee
zugrunde liegt.

Ein Versuch über die Liebe zu schreiben

Liebe ist
so etwas wie Kunst,
sie hat kein System
und hat kein Plan.

Sie passiert einfach aus
begeisterter Besonnenheit
oder vielleicht aus
einer gesinnten Begeisterung.

Liebe ist so etwas wie Kunst,
sie ist einfach,
sie vergleicht sich nicht
mit den Anderen,
sie blüht wie eine Blume
und erfreut andere
mit ihrer Herrlichkeit.

Was eine Liebe ausmacht,
sind die Erfahrungen,
die man gemeinsam erlebt
und nicht die Dinge,
die man sich voneinander
erzählt.

Denn Worte können so einsam
und so leer sein,
denn sie spiegeln
immer nur das wieder,
was wir sein wollen
und weniger das,
was wir sind.

Und die Schönheit und Harmonie
geistiger Verwandtschaft
erkennt man in Erlebnissen,
weniger in den Worten.
Denn das Unsagbare,
das zeigt sich meist nur.

Eine Liebe zu einem Roboter
wäre nicht erwidert,
es wäre wie Sklaverei.
Es wäre so etwas wie
einen Kaktus zu umarmen,
umso mehr man ihn umarmt,
umso mehr tut es weh.

Ein Roboter ist so eckig und so kalt,
so programmiert und systematisiert.

Und die Liebe,
sie ist so etwas wie Kunst,
daher müssen wir
schöne Bilder betrachten,
dass sich ihre Schönheit
auf uns projiziert
und wir lächeln können.

Wir müssen schöne Musik hören,
um die feine Melodie
der Liebe wahrzunehmen,
um die feinen Töne zwischen
den Zeilen herauszuhören.

Und wir müssen schließlich
schöne große Literatur lesen,

um zu erproben,
wie die Kommunikation
zwischen sich Liebenden passiert.

Und vielleicht werden
wir dann erkennen,
dass erst die Liebe
für die Kunst
und die herrliche Natur
sich ewig und unendlich
auf uns reflektiert.

Es ist gar nicht so weltfremd,
falls du das vielleicht jetzt denkst.
Das haben wir alle in uns leben,
wir haben es nur vergessen,
in unseren Alltag
haben wir es verloren.

Wir müssen es in uns beleben,
die Liebe zu der Kunst und
zu den Menschen pflegen,
unsere Sinne aktivieren.

Denn in Prinzip gibt es Bereiche,
da sind wir uns alle sehr ähnlich.
Wir haben Ängste, Zweifel
und die kollektive Nostalgie.

Die Suche nach der verlorenen Zeit,
die Sympathie für die Natur
und den Wunsch
für die Geborgenheit.

Ein Raum, an dem wir
uns alle kennen,
an dem wir frei kommunizieren,
mit den Gedanken mal
flanieren und einfach
Toleranz und Nächstenliebe zeigen.

Uns mit Worten versuchen zu umarmen,
dann finden wir das Individuelle,
diese Einzig- und Besonderheit,
in das wir uns dann verlieben.

Über das Vermissen

Wenn ich dich vermisse, dann weiß ich nicht,
ob ich dich vermisse oder mich selbst,
wenn du bei mir bist.

Und umso mehr ich dich vermisse,
umso mehr suche ich nach Kunst.
Ich suche Musik, Bücher und Bilder.

Denn ich kann dir nicht näher sein
als unsere Punkte zu malen
oder unsere Lieder zu spielen,
nicht näher als
unsere Geschichte aufzuschreiben.

Und für immer wird alles
in mir weitergehen,
was in Uns eins begonnen hat.

Ich verstehe nur Flughafen

Die Frage, ob das richtig ist,
was ich gerade fühle, denke oder schreibe,
die stelle ich mir
schon lange gar nicht mehr.

In der Kunst gibt es kaum Gefahr
und auch kein Risiko.
Das schlimmste was passieren kann,
ist, dass man scheitert,
aber selbst das erheitert
uns meistens irgendwann.

Und wenn ich nicht mehr
fühlen oder denken kann,
wenn ich erschöpft und müde bin,
von meinem Alltag.

Von dieser Pflicht
immer etwas zu müssen,
von der Routine eben,
dann habe ich eine komische Faszination
für Nicht-Orte. Dieser Moment,
wenn du irgendwo im nirgendwo bist.

Wenn du dich in einem Raum befindest,
den es eigentlich nicht gibt,
eine Zwischenstation im Denken,
das ist so ähnlich wie Bahnhof oder Flughafen,
wenn man vereist.

Niemand wohnt an diesen Orten
und trotzdem begegnen
sich dort viele Menschen,

laufen sich über den Weg,
lernen sich kennen und vielleicht auch lieben.

Diese Orte haben
so eine unfassbare Neutralität,
Freiheit und Gelassenheit im Denken.

Ohne Vorurteile geht man
auf die anderen zu,
fragt sie nach dem Weg,
nach den Sinn des Lebens vielleicht,
man spricht über Gott
und auch über die Welt.

Dieser Gedanke hat mich
schon immer so unglaublich gefesselt,
er hat mich auch irgendwie geprägt.
Ich wünschte jeder Ort auf dieser Erde,
wäre ein Bahnhof oder ein Flughafen vielleicht,
für **eine schöne neue Welt**.

Frei sein

Fliege dorthin,
wo du dich frei fühlst
und werde du selbst.

Marc Villon (Zoo Escape)

Über das Wunder und Genie

Was heißt es schon dem Gefühl
und dem Herzen zu folgen.
Wer weiß, ob das Gefühle sind,
die uns zu unseren Träumen und Zielen führen,
auch kein Talent oder Begabung.

Was ist, wenn das Herz in kleine Stücke
zerbrochen ist, welchen Stück
sollte man dann folgen?

Es sind Tränen, Blut und Schweiß,
es ist Schmerz und Mangel irgendwie.
Wer möchte dies denn schon erkennen
und bekennen? Wir machen es einfach,
es ist vielleicht Wunder, es ist vielleicht Magie.

Über unsere Kunst

Weil ich weiß, dein Blick,
die Macht deiner Gedanken,
die Wärme deines Herzen,
die Kraft deiner Hände,
deine Umarmung, deine Liebe.
Sie formt meine Texte,
sie formt meine Kunst.

Weil ich tief in mir weiß,
bald wird alles besser,
es wird alles wieder gut,
bald wird die Sonne scheinen,
auch für uns.

Weil wir zusammen
weit gehen können,
aber nicht schnell.

Drama mit dir

Liebe ist, wenn der Abschied weh tut
und das Wiedersehen belebt.
Wenn ich wach liege, frage ich mich oft,
ob du gerade auch wach liegst.
Ob du dich auch nach mir sehnst,
dir irgendwas fehlt.

Ob du nachts auch nicht schlafen kannst,
ob du einsam bist.
Manchmal denke ich mir,
wir sollten doch nach Paris fahren,
um unsere Liebe zu beleben.

Du warst derjenige,
der Spuren auf meiner Seele hinterlassen hat,
Farben auf meiner Haut.
Alles was ich heute an Kunst besitze,
wäre ohne dich nicht denkbar gewesen.

Du hast die unbekannten Seiten
meiner Seele zum Singen bewegt,
das war zufällig vielleicht,
es ist einfach passiert.
Du hast mich gleichzeitig belebt.

Danke für dieses Drama,
für diese Schmerzen und Wunden,
danke für deine Hände
und deine Musik.
Weil ich dich so tief verstehe,
weiß ich, was du meinst,
wenn du mit Blumen
vor mir stehst und mir sagst:

'Es tut mir so Leid
für diesen Chaos und den Wahnsinn,
was ich in deinen Leben angerichtet hab.'

Sorge nicht, es hat sich alles ausgelohnt,
diese Zeilen sind für uns,
sie sind der Beweis.

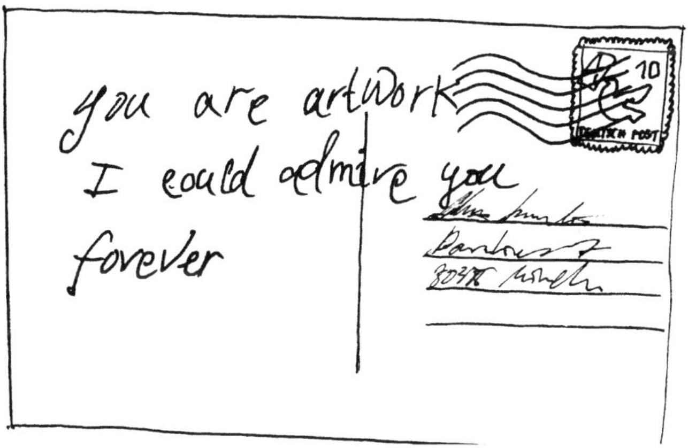

Distanz tut uns gut

Ich spüre die tiefste Form von Dankbarkeit
und eine neue Art der Zufriedenheit.
Die Distanz tut uns beiden gut,
mehr Klarheit, mehr Sicht.

Die Gefühle reifen zu Gedanken
und schon bald auch zur unberührten Tat.
Wenn wir erkennen, wo sich unsere Wege
wieder berühren werden und unsere Blicke
wieder aufeinander treffen, um uns zu sagen,
wie gern wir uns haben und
wie dann eine tiefere Form von Dankbarkeit
in uns beiden belebt wird.

Am Fenster

Mal wieder stehst du am Fenster,
du siehst die Menschen verschwommen,
weil du Wasser in den Augen hast.

Und die Kerze in weiter Entfernung,
erinnert dich an einen Moment
der frühen Zeit,
an deine Kindheit vielleicht,
die dir immer noch zuwinkt.

Und dir heimlich leise sagt:
„Sei geduldig, dich wird finden,
alles was du heute suchst.“

Über die seltsamen Menschen

Der Verstand weiß nur, was er gelernt hat,
aber das Herz weiß viel viel mehr.

Sie sind nicht nur geistreich,
sie sind auch schöngeistig.
Sie sind wie Poesie in einer Welt,
die immer noch das Alphabet lernt.
Die Vokabel, die noch keiner kennt.

Sie sind wie dieses eine Kunstwerk
in der Galerie, an dem wir etwas länger
stehen bleiben und bewundern.
Sie sind unendlich schön,
vor allem innerlich, haben eine blühende
Fantasie für die **schöne neue Welt**.

Sie haben für dich so viel Liebe,
so viel Licht übrig,
kaum zu beschreiben, das ist ein Gefühl.
Du lernst das Einfache zu lieben,
die unscheinbaren kleinen Dinge,
zu erkennen und zu schätzen.
Sie führen dich in ihre kreative
farbenfrohe Welt,
in die Lichtseite des Lebens.

Sie schenken dir Bücher,
die deine Sicht verändern, die Dich beleben.
Sie machen dich leichter,
deine Seele und auch deine Fantasie.
Sie bringen dir das Stauen bei.
Das Besondere im Gewöhnlichen zu sehen,
die kleinen Dinge, in den großen.

Sie legen dir Flügel in die Hände,
um zu fliegen.
Sie geben dir einen klaren Blick
und Nebel manchmal.

Sie haben Antworten auf
die nie gestellten Fragen.
Sie tragen dich in **die schöne neue Welt**,
sie nennt sich Illusion,
wo das Gute, Schöne und
das Wahre sich verbirgt.

Gedankenschritte: Die Magie der Worte

Dieser Text, er ist passiert,
als ich nicht recht wusste, *wer ich bin*
und wenn ja, wie viele[2] und
was ich eigentlich hier mache,
in der undurchschaubar schönen Wirklichkeit,
die vom neuen immer wieder verklärt wird
und wir in der idealistischen Illusion
uns selbst täuschen.

Denn wir sind viel mehr,
als das, was wir im Spiegel sehen,
wir sind viel mehr als das,
was wir sagen, was wir reden und erkennen,
das wir tun und vor allem
sind wir mehr als das,
was wir jeden Tag von uns preisgeben.

Es ist nur ein kleiner Teil dessen,
was wir wirklich sind.
In unserer Vollkommenheit und Wirklichkeit,
das große Wesen unseres Ichs bleibt verborgen
in der Tiefe der Seele,
die nicht sichtbar ist,
und wir jedoch trotzdem spüren und erfühlen
und nach Außen tragen.

Du siehst immer nur deine Schwächen in mir,
du erkennst dich selbst in mir.
Ich bin die Wiederspiegelung deiner Illusion
und von dem Wahnsinn,
den du nur durch mich entfliehen kannst.

Wir vermessen nicht mehr die Welt

und entdecken auch nicht mehr die Unendlichkeit,
was wir heute machen,
wir berechnen - unser Ich und unser Selbst –
und vergleichen es mit den Anderen.
Wir bewerten uns mit dem Maßstab der anderen,
der Normen und Maximen,
die wir uns sogar selbst gesetzt haben.

Wir verfallen in Routinen
und Dingen die wir für gewöhnlich tun.
Wir vergessen die Rituale,
ihre Einzig- und Besonderheit.

Wir haben keinen Sinn für die
Funktionslosigkeit der Natur, Musik,
Kunst und Literatur,
wie auch für die kleinen und die großen Dinge,
wir beschränken uns alle auf Harmonie
und blenden die *Dissonanzen* aus,
die auf der ganzen Welt so passieren.

Und am Ende des Tages,
merken wir dann,
dass *die messbare Welt,*
nicht die Welt,
sondern nur die messbare Seite der Welt ist.[3]

Und wir erkennen, dass Glück
die Überwindung der Trägheit ist und
dass Glück nur der Glaube an sich selbst ist,
und dass Glück hier und jetzt passiert und
du es selbst kreieren kannst,
selbst erschaffen musst und sich auch
in dir ein Genie verbirgt,

in der wunderschönen Tiefe deiner Seele.

Die Sprache des Lebens,
sie lehrt dich zu leben,
glücklich zu sein, mal anders zu sein,
mal einen anderen Weg gehen,
anderer Meinung sein und
geschätzt zu werden,
so wie du bist,
bedingungslos und unendlich.

Die sollst du lernen,
sie ist so einzig und besonders,
wie du auch und es ist nur ein
kleiner Gedankenschritt mit
der unendlichen Annäherung zu dem,
wonach du dich heute noch sehnst.

BIN
ICH
IMMER NOCH
UNSICHT-
BAR?

Du bist besonders

Zwischen all meinen Zeilen
verbirgt sich der Satz
*'Du bist was ganz Besonderes
für mich'* das hast du natürlich
nicht am Anfang schon kapiert.

Du kennst mich nicht

Du kennst mich nicht.
Du weißt nur, dass ich viel Kaffe trinke,
aber du hast mich nie gefragt,
weshalb ich immer müde bin.

Du kennst mich nicht,
und wenn
ich viel lese,
weißt du nicht
von welcher Wirklichkeit
ich entfliehen möchte.

Ich verlasse die Stadt

Ich habe die Stadt verlassen,
denn ich wollte auch andere Welten erleben,
in mir andere Sichten beleben,
fremden Menschen begegnen,
ich wollte andere Orte und Plätze entdecken
und ich wollte frei sein.

Frei sein von diesem Uni-Alltag,
von dieser Regel und dieser Pflicht,
immer etwas zu müssen.
Ich wollte befreit sein von diesem Smalltalk
mit den Menschen, die ich kenne,
stattdessen träumte ich
von tiefen und neuen
Gesprächen mit Fremden.

Ich wollte frei sein
von dieser Routine,
diesen Rahmen,
in dem wir uns hier bewegen
und frei sein von den Rollen,
die wir täglich spielen.
Ich wollte die Ordnung der Dinge verlassen.

Ich wusste Liebe lebt nicht von der Nähe,
sie lebt von der Distanz.
Aber das wusste ich nur,
davon habe ich mal gelesen.
'Sie lebt von der Unmöglichkeit
sich zu begegnen.'

Ich wollte mal etwas vermissen,
viel zu schnell haben wir uns getroffen,

haben uns dann viel zu schnell entdeckt,
ich habe viel zu schnell dir von mir erzählt,
von meinen Schwächen und all meinen Wunden.

Ich wollte nun etwas vermissen
und wissen was ich möchte.
Ich wollte schauen,
ob ich dich vermisse,
ob du mir fehlen wirst
und ob ich an dich denke.

[nach neun Monaten der Reise,
habe ich beschlossen]

Ich hatte eine schöne Zeit
und du hast mir so oft gefehlt,
dein Duft, deine Stimme und auch deine Sicht.

Eigentlich bist du nicht mein Typ,
in deiner Sprache gibt es nicht diese Poetik,
sie ist so klar, so deutlich,
so nüchtern und so sachlich.
Trotzdem sind wir im Ganzen mehr,
als die Teile, die uns unterscheiden.

Auf meiner Reise ohne dich ins Unbekannte,
da bin ich diesen fremden Menschen begegnet,
ich habe diese fremde Orte auch entdeckt.
Ich war frei, ich hab gespielt,
auch philosophiert,
und viel geträumt.

Nun stehe ich vor deiner Türe
voller Wunden, so müde, erschöpft

und im Herzen trage ich noch
die gemeinsamen Stunden
und erst jetzt merk ich,
wir sind uns so verbunden.

Ich habe es erlebt, die Liebe lebt
von der Distanz und nicht der Nähe.

Es scheint so,
es hat sich nach neun Monaten,
so vieles hier geändert.
Der Ort der Geborgenheit
ist nun verschwunden.
Die Menschen, die mich liebten
haben sich verzaubert,
ich erkenne sie nicht meh
Ich werde diesen Weg zu uns zurück
erfinden und ihn bemalen
mit allen Farben, die ich habe.

Und dann werde ich dich so viel mehr schätzen,
ich werde wieder stauen, uns bewundern.
Nach all dem Reisen und dem Abstand,
habe ich erlebt, es gibt für mich
allein und einzig nur dich.

Jetzt und für immer

Du hast alles möglich gemacht
und Einiges unbeschreiblich,
unsere Begegnung hatte weder einen Anfang,
noch ein Ende.

Du hast meine Hand genommen,
und hast mein Herz dabei berührt.
Mir wachsen Blumen in den Lungen
und ich kann nicht mehr atmen,
wenn du vor mir stehst.

Letzte Nacht habe ich all deine Texte
und Werke mir angesehen
und ich habe erkannt,
dass du unter allen,
das allerschönste Kunstwerk bist.

Du sagtest

Du sagtest immer für eine Zeit lang,
du sagtest einfach immer dem Instinkt folgen,
du sagtest immer, die Anderen werden weiter reden,
sie müssen sich ja beschäftigen.

Du sagtest immer, Worte machen vieles kaputt,
in viele Richtungen.
Du sagtest immer, nicht denken.
Du sagtest immer, den Sinn finden und leben.
Du sagtest viele Dinge, die schön sind.
Du hast mich geformt, geliebt und geschätzt
und ich werde nicht weinen zu stillen Stunde,ich sage nur
'*Danke für die schöne Zeit.*

Du bist die Welle und nicht der Schaum für eine schöne neue Welt

Wir haben vergessen,
es geht nicht immer um uns,
als eine Rolle, es geht um den Rahmen,
den wir oft selbst nicht wählen.
Denn es geht nicht um uns,
es geht vor allem
vor welchen Hintergrund
wir uns stellen, vor welchen Hintergrund
wir sichtbar werden.

Und du suchst immer noch nach deinen Glück,
aber du erkennst nicht,
du suchst an falschen Orten.
Du suchst ihn dort, wo es verloren ging,
in Kneipen, Bars und auf der Straße.
Bitte erfinde einen neuen Ort,
bemale ihn mit Farben und mit Licht.

Du bist Poesie in einer Welt,
die immer noch das Alphabet lernt.

Höre nie auf zu stauen und zu bewundern,
so wirst du die Welle und nicht
nur der Schaum in **einer schönen neuen Welt**.

Nachts

Irgendwann kam ich auf die Idee:
Wir müssen vor allem Nachts unterwegs sein,
um den Tag zu verstehen
und vor allem auch mehr emotional werden,
und nichts so viel sachlich,
um sich selber,
die Anderen und
die Welt erkennen zu können.

Denn Nachts, da spricht und handelt
auch ein Teil der Wahrheit
und die Wahrheit ist so etwas
wie Sterne auf dem Himmel,
wenn es dunkel wird.
Es ist nicht die ganze Zeit da,
sondern sie schimmert nur auf,
zwischen den Moment,
ein Feuerwerk,
manchmal nur ein Hauch oder ein Funke.

Drei Wünsche für Dich

Danke, dass es Dich gibt. Danke, dass Du dies liest, mich meinen Träumen näher bringst. Dieses Drama, kaum lief etwas nach Plan, Chaos, einfach unbeschreiblich. Tragik, Komik, mal Tränen und mal Lächeln schmeicheln mein Gesicht, während ich die Zeilen schrieb für Dich. Ich suchte schon immer nach dem Sinn, nach Erfüllung, so etwas wie Verwirklichung vielleicht, doch dann träumte ich davon zu schreiben und so schrieb ich meinen Traum auf, nur für Dich. Heute weiß ich, den Sinn des Lebens muss man neu erfinden, ansonsten ergibt am Ende alles einen Gin, einen Gin Tonic im Lost Weekend, das wäre auch schön, uns dort zu verlieren, so wie die Suche ihren Anfang nahm.

WITH FREEDOM,
BOOKS, FLOWERS, AND
THE MOON, WHO
COULD NOT BE HAPPY?
- Oscar Wilde

Nachweis

S. 9[1]

Peter Stamm: *Agnes*, Fischer Taschenbuch Verlag, Frankfurt am Main, 2011.

S. 78[2]

Richard David Precht: *Wer bin ich und wenn ja, wie viele*, Goldmann Verlag, München, 2007.

S. 79[3]

Prof. Dr. Martin Seel

Ein paar Funken von mir

Notizen

26079553R00061

Printed in Poland
by Amazon Fulfillment
Poland Sp. z o.o., Wrocław